사고무교 四顧無教

사고무교(四顧無教)

발행일 2020년 7월 13일

지은이 심우찬
펴낸이 손형국
펴낸곳 (주)북랩
편집인 선일영 편집 강대건, 최예은, 최승헌, 이예지
디자인 이현수, 한수희, 김민하, 김윤주, 허지혜 제작 박기성, 황동현, 구성우, 권태련
마케팅 김회란, 박진관, 장은별
출판등록 2004. 12. 1(제2012-000051호)
주소 서울특별시 금천구 가산디지털 1로 168, 우림라이온스밸리 B동 B113~114호, C동 B101호
홈페이지 www.book.co.kr
전화번호 (02)2026-5777 팩스 (02)2026-5747

ISBN 979-11-6539-302-1 03810 (종이책) 979-11-6539-303-8 05810 (전자책)

이 도서의 국립중앙도서관 출판예정도서목록(CIP)은 서지정보유통지원시스템 홈페이지(http://seoji.nl.go.kr)와
국가자료공동목록시스템(http://www.nl.go.kr/kolisnet)에서 이용하실 수 있습니다.
(CIP제어번호: 2020028350)

사고무교

四顧無敎

심우찬 시집

사방을 돌아보아도 가르침이 없다

북랩 book Lab

차례

제1부 사고무사(四顧無思)
사방을 돌아보아도 생각이 없다

사고무언(四顧無言)
사방을 돌아보아도 말이 없다

사고무행(四顧無行)

사방을 돌아보아도 행동이 없다

사고무사 (四顧無思)

사방을 돌아보아도 생각이 없다

우리 기쁨이요, 나의 행복이요

그 많은 사람 중
당신과 내가
만나게 될 줄이야

둘 중 한 사람이
다른 생각, 다른 방향에서
머뭇거렸거나
작은 망설임 없이 만났으니
이것이 평생 함께 살아갈 운명
우리 기쁨이요
나의 행복이요

남은 인생도
한결같이
기쁘게
행복하게
삽시다

고맙소

넉넉하소서

새해

새마음

새 희망

남다른 정(情)이

서로에게

새롭게

듬뿍 넘치소서

복(福)도

넉넉하소서

사고무교 四顧無教

추억의 곡성역

이곳에서

떠나는 사람 눈물로 붙잡고

돌아온 사람 반가워 울고

사연 싣고 오간 기차 몇 량이었는지?

기적 소리에 흘린 눈물도 멈춘 곡성역

떠난 사람 아직 돌아오지 못했는데

그 사연 더 이상 실을 수 없어

지금은 지나간 옛날 역 곡성역

네가 있어 서울 가 꽃신 사서 보냈고

네가 있어 서울 색시 시집오고

네가 있어 논밭 사고

곡성이 행복하게 살 수 있었지!

추억의 곡성역!

다시 만나겠지

어느 날
갑자기 와
갑자기 보낸 마음
수년 지났는데
남은 마음이 있다

바람 불고
꽃피고
비 내릴 때
남은 마음
흔들흔들
살아나지만
비에 씻겨 흩어진다

돌아서서
가는 방향 다르지만
사는 곳은 같으니
언제쯤 다시 만나겠지!

한적한 내 고향

내 고향 새벽은
수탉 울음에 맞춰
새 소리
물소리
바람 소리도 찾아온다

사람이 움직이면
강아지 좋아라 멍멍
돼지 배고프다 꿀꿀
소 반갑다 음매 일어난다

샘물이 이 집 저 집 아침 인사 마치면
이 굴뚝 저 굴뚝 타고 내린 긴 수염에
아이들 간지럼 못 참아 웃으며 절로 깬다

한적한 내 고향은
아침부터
웃음이다

사고무고 四顧無教

2007. 1. 12

백발백중

명중에
마음이 욕심내니
눈은 과녁에 앉고
앞 손은 흐물흐물
뒷손은 참을성 없이 앞 손 좇으니
불발이요

앞이 뻗고, 뒤는 당겨
나 몰래 활 내면
백발백중이요

앞 손은 태산을 밀듯 쭉 뻗는다
(전추태산)
뒷손은 호랑이 꼬리를 당기듯이 힘껏 당긴다
(후악호미)

바닷가 여행

한눈에 반해
좋아해서 한 결혼
한평생 눈물 나게 하지 않겠다는 다짐도

가진 것 없고
시작이 네 명이라
힘들다 온갖 짜증 내고
외면했던 신혼생활

당신은 이런 사람 처음이고
당신네 가정에서 보지 못한 역경이라
많이 놀라고 황당했을 것이다
마음이 거치니 말도 거칠어
마누라 눈물 속 한숨 내쉬며 후회도 했을 테지만
참고 견디어 오늘 영광 있게 해 줬다
이 과분 언제 돌릴까?

생활에 지쳐 두문불출하다
모처럼 외출한 바닷가에서
당신과 다정히 수줍음으로 돌아가니,
모든 잘못이 나에게 있음을 알게 되네
용서 바라오

지금부터
당신의 삶을 가볍게
당신과 나누고 함께 노력하겠소

당신을 사랑하는 남편이

진정한 용기

화난다
이유 없이
너희가 모든 걸
쥐락펴락해

하고픈 말 마저 하고 나면
우리 사회 곳곳이
불경으로 여긴다
법은 언어폭력으로 엮고
공무원은 의무 위반으로 걸고

진정한 용기는
주먹일까?
법일까?
마음의 평화일까?

고민의 끝자락에서

사고무교
四顧無敎

학교가 좋다

처음 다닌 학교
가는 길 멀어도 학교가 좋다
고무신 터져 신을 수 없어 손에 들고
옷은 제 몸보다 커서 끌리고 터져도
부끄러워하지 않고 학교에 갔다

학교엔 친구들과 긴 생머리 선생님이 있고
학교에 가면 우유와 빵을 먹을 수 있다
동생과 엄마 생각에
가끔 먹지 않는 빵 들고 집에 가져간다
그런 학교가 좋았다

그 어린 나이에
보리 베고
벼 베고
풀 베기는
말이 일손 돕기지
친구에게 낯질 자랑이다

소풍은
한 번도 안 가본 곳
산중의 산사로 갔지만
보물찾기와 김밥이 없었다면
가능했을까?

조막손으로
흙 파고
자갈 나르고
큰 바위 옮겨 넓힌
학교 터는 꽃동산
꽃과 나비, 벌은 꿈과 상상의 세계

그 꽃, 나비
벌은 그대로인데
그 친구와 학교는 어디에?

내가 좋아하는
학교는 폐교하고 건물만 덩그러니 있네

유월의 희망

아카시아 흰 꽃이
지쳐 꽃잎 내리고
여기저기 노란 애기똥풀
놀러 나와
유월을 더 푸르게 하네

푸름이 햇살에 데워져
신록이 눈부시게 아름답지만
젊음이 마스크에 가려져
오늘도 생활 속 거리 두기와
다중 이용 시설 폐쇄로
숨죽이네

하루빨리 코로나 19 끝나
신록 속의 젊음이
웃음꽃으로 다시
살아나기를
유월의 희망
보낸다

지나친 마누라 기쁨에

손자는 할미 보자마자
"할머니, 애플망고 그만 보내요."
거꾸로 자랑한다
손자 입에선 망고 내음 폴폴

"아버지도 드셔야 힘내시죠!"
"네 엄마는 세 끼 떡갈비만 먹는다."
장모 두 눈이 초롱초롱해져
"오늘 센터에서 퍼즐 했다." 한다
건강 되찾은 장모, 싱글벙글 장인

아들, 삶은 고구마 맛있다고 쩝쩝
벌써 아들 집 고구마 배달

마눌님 얼굴에 미소 가득 차네

목 아파 힘드네
목엔 도라지청이 좋다며
날 쳐다보길래
"그래, 먹어!"
마눌님 좋아서 룰루랄라
근데 본인 것은 나한테 비비지

지나친 마눌님 기쁨에
내 통장 잔액만 늙어가네

미운 작은 닭

시장 좌판에 놓인
작은 닭 쳐다보면
지나간 옛 남자 친구 생각이 난다

남동생과 닭볶음탕 해 먹자고 했더니
작은 닭(삼계용) 사 왔다

반 계만 사 왔어도 용서했는데…
요놈의 미운 작은 닭

애인 심부름은 심사숙고해야
미운털이 안 박힌다

봄꽃

봄에 핀 꽃
빨간 꽃
흰 꽃
보라 꽃
노란 꽃

사람
나비
벌들이
웃고
쳐다보고
코 박아

화사한 꽃
향기로운 꽃
잊을 수 없는 꽃
봄꽃 되다

손자 기다림

손자
휴대전화기 붙들고
영상 중계방송

말문 열리니
말 쏟아내네
중간중간 "그래, 그래."로 응답하지만
성에 안 차나
온다고 하네

할미는 어제부터
손자 맞이로 밤이 짧고
할부지는 꼭두새벽
부산떨며
여기저기 닦아내어

마음속엔 손자 벌써 와
방실방실 웃는데
봄비는 소록소록
시간은 느리게 가네

때론 부부는 통역이 필요해

우리 남편은

나 보고

"못생겼다." 한다

30년도 넘게 한결같이

기쁠 때나

슬플 때나

같은 말에

속상하다

우리 남편은

나 보고

"빨리 들어와." 한다

나들이하려면

마트에 가려면

같은 말에

언짢다

우리 남편은

나 보고

"못생겼다." 한다.

"못생겼다."라는 말, "내가 이쁘다고?"로 바꾸니

왜 이리 좋을까요?

우리 남편은

나 보고

"빨리 들어와." 한다

"빨리 들어와."라는 말, "내가 보고 싶어."로 바꾸니

왜 이리 발걸음이 바쁠까요?

때론 부부는 통역이 필요해

뭐 어찌할 건데!

광음에 검은 머리
파 뿌리 된들
어쩔 거여!

먹자, 먹자
배 태산
혈압약, 당뇨약 없이는 못 사네
어쩔 거여!

진즉 마누라(남의 편)에게
잘할 건데,
천 년을 빌려 달라네
어쩔 거여!

부는 바람에 꽃잎
넘어진다, 떨어져 나가 넘어진다
어쩔 거여!

뭐 어쩔 건데!

집. 사.

집에 산다
집에 살면서 만난다
집에 살면서 만나지만 좋다
집에 살면서 만나지만 좋아서 웃는다
집에 살면서 만나지만 좋아서 웃는 사람

사랑하는 사람
사랑하는 사람은 따뜻하다
사랑하는 사람은 따뜻하고 날 좋아한다
사랑하는 사람은 따뜻하고 날 좋아하는 사람

집에 살면서 사랑하는 사람
집. 사.

마지막 여인

20대의 내겐
콩깍지
그리웠던 친구이자 여인

30대의 내겐
아들 둘 업고 기르고도
늘 같은 자리
똑같은 미소
사랑스러운 마눌님

40~50대의 내겐
크고 작은 소리 없이
한결같이 부드러운 마눌님

내겐
이 여인은
이 순간도 콩깍지다
보고 또 봐도 좋다

지금도
내 말 잘 들어 주고
항상 내 곁에 있다

내 마지막 여인은
부처님이다

마이 드림 카

맨 처음 마이 드림 카는
지문 무늬 두 발

신 중의 신
고무로 만든 신 검정 고무신
놀 땐 기차
물 마실 땐 물컵
다목적용 마이 드림 카

하얀 운동화 살 수 없어
어느 집 툇마루 아래 헌 운동화
몰래 신고 뽐냈던
새하얀 마이 드림 카

키만 한 바퀴 달린 차
무작정 내리막길에
올라탔던 자전차(거)
쏜살같이 담장과 한 몸 되어 구르고서야
중학생~고등학생 십 리 길(4㎞)
길벗 된 마이 드림 카

1988년 3월 1일~
완도 고금도~해남 산이면
첫 월급으로 산
1기통 엔진 시티 100
오토바이
자갈길, 흙길
큰아들 앞, 마누라 뒤에 태우고
짧은 머리 휘날리며
코 평수 넓혀 준 마이 드림 카

도로포장
차들 씽씽 달리고
작은아들 태울 자리 없어
마련한 프라이드
장인 은혜로 최초 5도어
전국 7도 누빈
첫 마이 네 바퀴 드림 카

1990년 9월 1일~

경기도 양평과

곡성 칠봉리와 광주 월산동까지

12~24시간 동안 갇힌 명절 귀성길 몸부림은

자본주의 상징 캐피탈의 도움으로 탈출했지만

고속도로 위의 시간 속에 갇혀

끓여 먹었던 라면의 꿀맛을 알게 해 준

두 번째 마이 드림 카

2000년 3월 1일~

생활상의 여유로

싼 티 나는 SUV 싼타페

서울 고덕동 명일동에서

2000년 3월 1일~ 경기 양평 8년

2008년 3월 1일~ 성남 4년

2012년 3월 1일~2017년 8월 31일 여주 5년 6개월

무사고 18여 년 26만㎞

양수리 용담대교, 봄철 신록, 남한강 물안개, 철새들 비상 등

길 위의 사연 쌓고 가족 간에 꿈 나누고 키웠던 추억 가득한

세 번째 마이 드림 카

2018년 3월 1일~

성남 ☆☆초 교장으로 승진!
명예의 그랜저
마누라 말 믿다가
아들에게 행운 넘어가고(아들 결혼)
자력으로 마련한 마이 드림 카
손자는 할배 차 DJ 되어
신난 음악 쇼 펼치며 자리 차지하네

오늘도 행복이 넘치는 마이 드림 카가
있어서 좋다

꽃을 좋아하나 봐요

꽃
초성과 종성을
바꿔놓으면
촉

꽃들은 촉촉이
꽃들은 눈물이 있어 조금 젖은 듯하다

그래서 사람은 꽃을 좋아하나 봐요

사고무고

四顧無敎

아부지 체온

어릴 적 늦가을 달밤에
마당만 한 등에 매달려
따스하게 잠들며 느낀
아부지, 체온!

마음은 없다

마음은

안에도
중간에도
문턱에도

없다

무심

홍시

한겨울

살 언 홍시 내놓고서

먹는 모습 보시며 입맛 다시는

당신의 넉넉함

상추쌈

쌈해 보니
이 시간 되면
또 쌈해 보고 싶다
상추쌈

닭싸움

한여름 밤

추녀마루 남포등 희끄무레한 불빛 아래

모깃불 매캐한 연기 마시며

형아랑 닭싸움에 벌러덩

피어나는 우리 가족 한바탕 웃음소리

하하하~!

봄 앞에서

기운 없다
바람이 살랑거린다

눈이 잘 안 보인다
나뭇가지에 새싹이 올라온다

몸이 근질거린다
땅이 푸석푸석하다

새벽잠이 줄었다
동이 한발 앞서 오른다

뱃살이 늘었다
하루가 짧다

봄이 환하게 웃는다
나의 머릿발도 하얗게 웃는다

세상에서 가장 좋은 것

세상에서 가장 좋은 것은

적당히 하는 것

중도(中道)

1. 어느 쪽으로도 치우치지 않은 입장
2. 오가는 길의 중간
3. 어느 것에도 치우치지 않는 전설적인 진실의 도리

제일 좋은 아빠, 엄마는

제일 좋은 아빠는

엄마에게 잘해 주는 아빠

제일 좋은 엄마는

나한테 잘하는 엄마

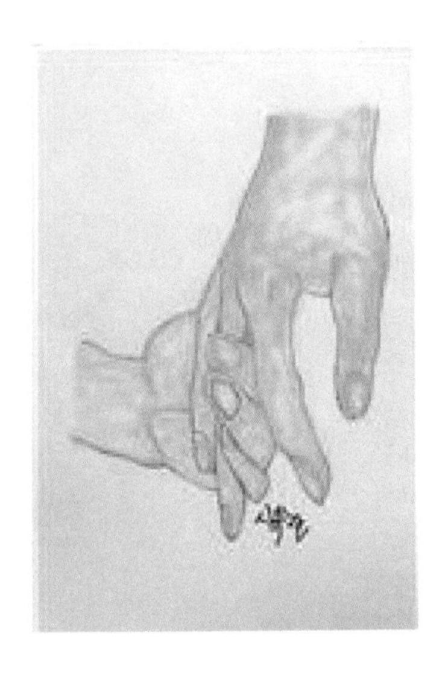

내 인생에 찰나다

어! 머시 중헌디
덧없네
사는 게 고작 백 년
잘 사는 건 고작 반백 년
너와 나는 잠깐인데,
오늘 진들 내일 이긴들
내 인생에 찰나다

아! 머시 귀헌디
보잘것없네
지금은 남자, 여자
잘 살고 못 살고
이름 있고 없고 뿐
너도나도 결국
넋 잃고 숨 놓으면
본디 자연의 일부
내 인생에 찰나다

어허, 머시 바쁘당가?

부질없네

세월과 시간은 석화인데

배 디밀고 숙야까지 달려

쌓아 놓은들

내 인생에 찰나다

하루 밥상

저녁은 트로트 밥상
〈안동역〉
〈진정인가요〉
〈사랑 참〉
블루투스 마이크 노래로 먹었다

점심은 짜파구리 밥상
짜짜로니, 너구리 짜장 라면
다시마 육수, 면 익혀 물 조절
플레이크 쏟고 수프 맞춤
올리브유 비벼 한 입 떠
목살 곁들인
〈기생충〉 영화로 먹었다

아침은 거짓말 밥상

흰밥

무친 방풍잎 반찬

"데워 먹어요. 시금칫국." 거짓 메모

더 잘할 건데…. 후회로 먹었다

아무튼 오늘도 든든하네

그래서 책이다

책엔 까만 글자와 그림이
누워 있다
다정히 같이 있다
책갈피를 넘겨도
흔들림 없이 그대로다

코 박고 눈 부릅뜨고 쳐다봐도
옛날이나 지금이나
까만 글자와 그림은
변함없이 속삭이네

그래서
책만 보면
잠이 오나 보다

3월

소리소문없이 온

3월

초록빛 잎

흰 꽃

붉은 가지

선들바람

상큼한 향기가

한꺼번에 와락

앙가슴에 데민다

3월은

잎, 꽃, 가지, 바람, 향기가 뒤엉켜

봄을 피운다

옛날식 커피

새끼손가락 세워

살포시 내밀던

옛날식 커피 한 잔

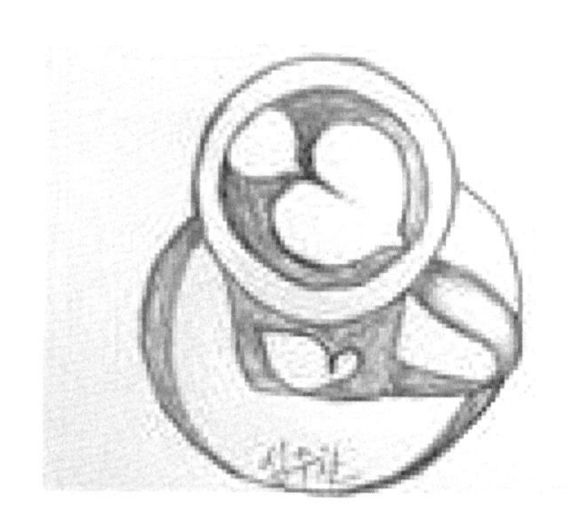

엄마 사랑표 찐빵

보리쌀 한 되와 맞바꾼

늦은 여름 오후에 먹던

엄마 사랑표 찐빵

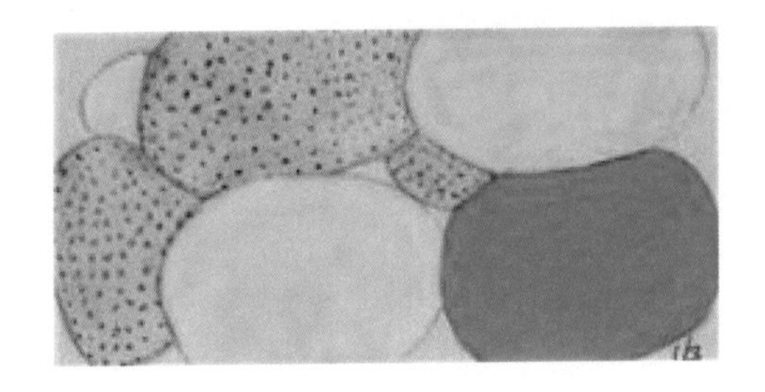

울 엄마

엄마? 엄마? 불러도
대답이 없다
이젠 나는 부를 엄마가 없다

울 엄마는 양 해 자 정 자 댓굴 댁이다

내게 엄마는 늘 머리맡에 앉아
"너는 공무원 되어라!" 했다
새벽녘 문창으로 들리는 소리
"우리 아들 공무원 되게 해 주세요. 간절히 비나이다."
매일 부엌에 정화수 넘쳐났다
그래서 난 지금 교장이다

울 엄마는 밤잠 자지 않았다
울 엄마는 덮는 이불 없다
겨울도 덥다고 했다
자식 키우다 보니 알았다
길쌈, 초석 짜기로
주무실 시간이 없다는 걸

그래서인지 난 지금도
잠을 설치는 버릇이 있다
울 엄마가 일하면 말리려…

6학년 겨울방학 때 시베리아 삭풍 불고
눈밭에 발 빠져 걸을 수 없던 날
울 엄마 날 업고 끌고 홍복정 약방 아저씨에게
아들 살리라 소리쳐
위급 다투어 병원 입원하여
목숨 보전하였다
울 엄마 나만 보시면
"키 작고 약골이라 그때 개 한 마리 더 먹였어야 했는데…."라며 말꼬리 흐렸다
난, 살아 있는 것만도 좋은데…

울 엄마는 늘 배부르시다 했다
울 엄마는 먹고 싶은 것 없다고 했다

커가면서 없던 형이 있는 걸 알았고
커가면서 있던 형과 여동생이 사라졌다
나 또한 사라질 뻔했지만, 고등학교 졸업장까지 받았다

내 뜻은 아니지만 난 아프기를 잘했다고 생각했는데
형제들에게 괜히 미안하다
우리 형제들 사이에는 자연스러운 금기어가 있다
학교 못 보내준 부모 원망하는 말 안 한다
우리 형제들 모두 대학 졸업장이 있다
동생마저 53세(2019년)에 학사모 썼다

울 엄마, 얼마나 좋을까나!
울 엄마, 이젠 진짜 배부르실 거야!
울 엄마, 최고 엄마다!

"엄마, 사랑해요!"

꽃물 한 모금

한여름

두레박에 담긴 시원한

꽃물

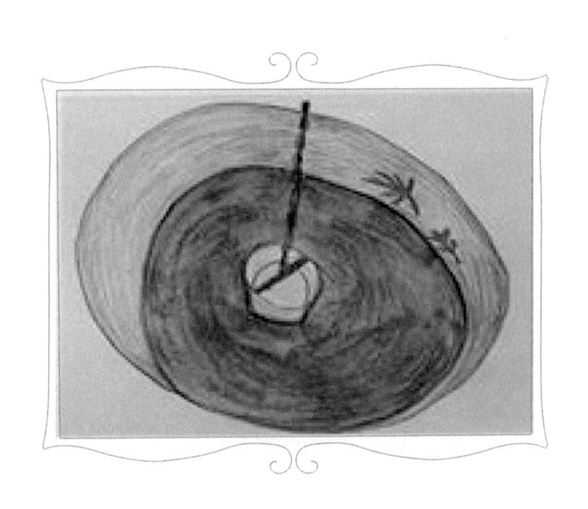

아부지

우리 집은
장기판, 바둑판, 화투짝 없다
있던 것도 어느 순간 사라졌다

아부지는 숟가락만 빼면
집에 없다

논(자갈투성이) 샀다며
환하게 좋아하기에
발자국 따라 가보니
겨우내 언 손으로
돌 등져 만든 문전옥답은
우리 6남매의 젖줄

가난 중에도
동화책 속에 나오는
지하실, 다락방 집 손수 지어
꿈 몽실몽실 달아 주고

장군(파)봉 산판
땔감 끌어내린 아부지!
허리 다쳐 기역자 되어
나보다 키 작아졌다
난 그 후로 장파봉(427m, 70도) 같은
높고 험한 산에 가지 않는다

18세 결혼
시대 풍파 넘고 6남매 무사 건사
인생 과로하여 피골상접
농부 병과 통증 속
인생 후반 고통 견디다가
어머니 곁으로 가셨지만,

어릴 적 늦가을 달밤에
마당만 한 등에 매달려
따스하게 잠들며 느낀
당신 체온,
지금도 나의 가슴에
식지 않고 살아 있다

달밤마다
"아부지!" 하고 부르면
아부지 모습이 보일 것 같지만,
감히 부르지 못한다

"아부지, 수고하셨습니다!"
"아부지, 존경합니다!"
자식 짐 내려놓고
어머니와 동생과 함께
행복하게 건강히 사셔요

한 번도 못 불러 드려 죄송합니다
불효자 용기 내어 부릅니다

"아빠, 사랑합니다!"

나의 형

내 형은
어릴 적 배곯아
죽었다

어머니가 마지막 보리밥이라도 먹이고자
자근자근 씹어 입안에 넣어 주니
게우며 숨이 열렸다
형은 소띠, 나는 토끼띠다
내 형은 세 살 때부터
젖마저 양보했다

내 형은
17살 때 고향 출가
사진관, 회사 등을 다니며
이른 아침에는 신문, 우유 배달
휴일에는 수세미, 찹쌀떡 팔아
배곯으며 꼬깃꼬깃 모은 돈
철도 공무원 퇴직금 털어
내 주머니에 전 재산 넣어 주고
말없이 입대했다

내 형은
어김없이 전화한다
“심 교장, 잘 지냈는가?”
형에게 내 이름은 ‘심 교장’이다
내 형은 심 교장을 만든 은인이다

내 형은 땀 흘려 가꾼
풋고추, 과일, 고구마 등을 살짝 내려놓고 간다
맛있는 귤도 택배로 보낸다
형은 나에게 아낌없는 나무다

형만 한 아우 없다
내 형은 맨손과 두 쪽의 힘으로
주근 야학 고등학교 마치고
학사모 쓴 자수성가인
최고경영자 과정 이수
현 ㈜동아실업 상무이사
현 대통령 평화통일 자문위원회 동대문구 지회장
대통령 표창 수상

동생 심 교장은

나의 형에게 〈큰 나무 훈장〉을 드립니다

"형님, 형이 나의 형이라서 너무 좋아요!"

내 고향 칠봉리

높이가 다른 일곱 개 봉우리로 이어진 뒷산
왼쪽은 신동, 오른쪽은 효문동이 감싸고
다수의 심가와 김, 이, 박, 허, 정, 차 씨가 오순도순
초입은 냇물이 흐르고
이 앞에는 너른 들판
그 위를 가로지르는 한길
장군이 봉우리에 서 있는 앞산이 있는 곳
내 고향 칠봉리다

칠봉리는

냇물에 멱감고
송사리, 미꾸라지, 피라미, 장어, 개구리, 뱀, 자라 등과 모래성 쌓으며
어제는 왕자, 오늘은 공주
내일의 왕을 꿈꾸는
엄마 품과 같이
아늑한 곳

들판 사이로 돌고 돌아오는 마을 앞길
어귀에 둘러 놓인 일곱 개 바위 칠암
통~통~통 요란한 정미소 발동기
우산각과 대환정이 묵묵무언 객을 맞고
그 옆의 소나무, 상수리, 대나무들은 더위와 추위 밀어내어 온화한 곳
사계절 보리 향, 밀 향, 아카시아꽃향, 밤꽃향, 솔향, 대나무 향기가 가득한 곳

봄이면 풋풋한 밀
밀 서리해 입안 가득 넣고 오물오물 누워서 하늘 바라보면 구름도 달려오는 곳

여름이면 지천으로 널린 삐비 뽑아
질겅질겅 씹어
풍선 놀이하며 동심이 자란 곳

나무 깎아 만든 칼 차고 한 손엔 줄 잡고
누비는 뒷동산은 꼬마 칠봉 장군과 칠봉 타잔의 놀이터

하지 땐,
설 맺은 하지 감자 서리해
밤마다 피어나는 삼베 굽 터 굴뚝에
철사 엮어 구워 먹는 감자 맛은
칠봉 토종들 추억의 맛

냇가의 고운 모래와 몽글이 있는 강변은
소싯적 지칠 줄 모르는 추억의 유원장
피라미, 대사리, 우렁이, 자라, 장어 등은 추억의 수족관

가을이면 집마다
감나무에 빨간 감 주렁주렁
뒷산 밤송이 터질 듯 몸을 드러내면
고샅길 아이들 노는 소리 더욱 커지는 곳

이곳 사람은 홍(파)시를 좋아한다

이곳에 살면 평생 추억 먹고 산다

이곳은 산과 물이 어울려진 임산배수 명당

이곳이 내 고향 겸면 칠봉리다

할머니의 맛

화롯불 벌겋게 일어
깊은 팬에 콩기름 두르고
가진 채소, 김치, 밥 넣어
애정 어린 웍질
색색 채소 박힌 밥
볶음밥은
처음 할머니의 맛

화롯불 벌겋게 일어
뚝배기에 다시 멸칫국물,
청국장, 두부, 무, 묵은김치 넣고
정성 어린 부채질
보글보글 끓으면
대파 송송, 청실홍실 청양고추 얹어 준
고리 담백 구수한
뚝배기 청국장은
마지막 할머니의 맛

거친 손

주름 잡힌 이마

세월 비켜 간 비녀는

오간 데 없다

(할머니, 집사님! 감사합니다)

거짓말을 안 합니다

저는 거짓말을 안 합니다
정직도 안 통하는데 거짓말을 합니까?
어떻게 물이나 거울에 비춥니까?
사람에게 비추어야지요?

당신의 말은 따뜻합니까?
말할 때만 따뜻하나요!

저는 거짓말을 안 합니다
진실도 안 통하는데 거짓말을 합니까?
어떻게 물이나 거울에 비춥니까?
사람에게 비추어야지요?

당신의 대답은 따뜻합니까?
대답할 때만 따뜻하나요!

당신도 끼리끼리 말하고 대답하나요?

마음 두고 갑니다

밤마다
고운 마음 만들어
아침마다
가슴에 품고
만나는 사람에게 뿌린다

밤마다
예쁜 마음 만들어
아침마다
가슴으로 데워
만나는 사람에게 나눈다

오늘도
마음 두고 갑니다
"감사합니다! 여러분 덕분에 살아갑니다."

사람에게 비춘다

숨죽인 채
살포시
물에 비춘다
움직인다
흐른다

숨죽인 채
슬며시
거울에 비춘다
그대로다
웃는다
따라 웃는다

숨죽인 채
슬그머니
사람에게 비춘다
개 소리, 닭 소리가 들린다
지나가던 달이 가슴으로 들어간다
꿈이 구름 속에 피어난다

미소가 나무에 앉는다

다 함께 살아가는 세상이 보인다

아들은 마법사다

"노래 불러 보고 싶다." 하니
블루투스 마이크 도착

"눈이 침침해 잘 안 보인다."
안경을 썼다가, 벗었다가 오두방정에
LED 형광등으로 교체

"딸이 있었으며 좋았을걸!" 푸념에
두 며느리 달고 오고
작은아들은 손자를 덤으로 안기네

"우리 집은 사내가 많아 아쉽다!"라는 한마디
큰아들 7월 중에 손녀 선사한다네

마눌님, 몸져누워 골골
아들이 짠! 하고 나타나자
주방 불이 환하다

우리 아들 마법사다

마법 배우고자 아들들 집 갔더니

마눌님 정성 손길이 가득

진짜 마법사는 마눌님이었네, 그려. 하하하

찬이 이야기

바람 부는 날
마음으로 그려 본다
풀잎에 스치는 바람의 속삭임

밝은 날
가슴으로 느껴 본다
시냇물에 비친 보름달의 고요함

비 내리는 날
눈으로 찾아본다
처마 밑에 스민 빗물의 추억

눈 내리는 날
손으로 새겨 본다
나뭇가지에 흩어진 눈송이의 포근함

7척 배 있다

울 집
7척 배

큰 애 손녀 배
큰아들 통통 배
작은 애 손자 배
작은아들 오리 배
손자 사랑 배
당신 세월 배
나 똥배

있다

(손녀를 기다리는 할아비 마음을 적다)

사고무교 四顧無敎

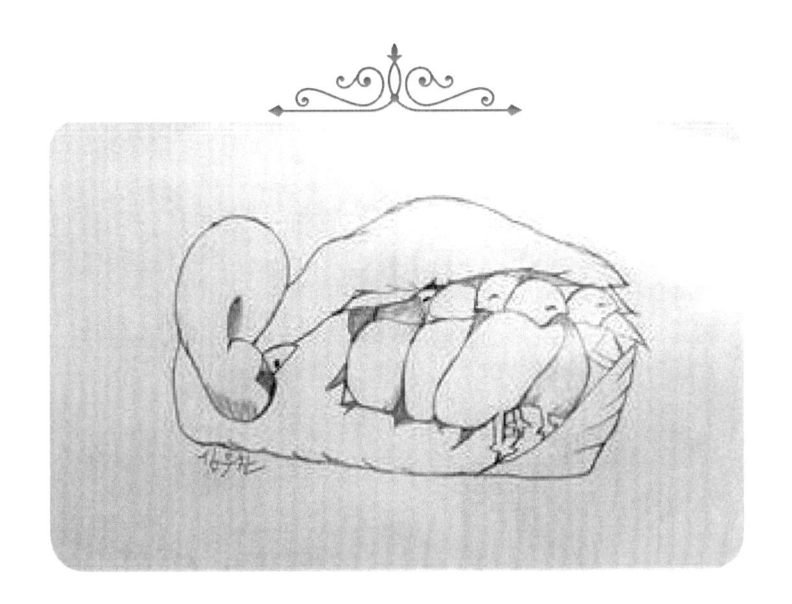

내 죽마고우여!

좁다란 고샅길
치맛자락 나풀대며
고무줄 뛰는 씩씩한 정례

고무신 어디 두었는지 모른 채
잘 노는 순순

나이 먹기 놀이에 지친
동네 남자애들 보고도
얌전하게 지나가는 선순

동네 우물 다 퍼마셔
목소리 쩡쩡 큰 선옥

입 다문 색시처럼
조용했던 진숙

새하얀 피부
동그라미 얼굴 정임

다소곳하여
누님 같은 선미

건치 드러낸
미소가 예쁜 연선

잰걸음은 찬바람 일지만
다정한 재순

키가 커서 올려다본
마음씨 고운 정금

없는 듯하다
입 열면 유머가 넘치는 선예

내가 좋아하는 내 죽마고우 여.친.들!

총각 친구

오물오물 총각 친구
음식 앞에서
속도 늦추네

"왜 그래?"
"가출한 이를 찾아야 하는데 1억이 없어서!"
나도 도망친 텅 빈 앞니 3개 자리를 보이며 같이 웃었다
하하하

"장가 안 가냐?"라는 말만 나오면
시집간 그 여자 친구만 얘기하니
갑자기 마눌님이 생각나서
웃는다
하하하

어쩌다가 전화 연결되면
"팔당역 뒤에 있는 산에 가고 싶다. 가고 싶다."라며
"그 산 이름 뭐냐? 뭐냐?"라고 묻는다
'어쩜, 이 자식은 똑같은 질문만 계속하냐!'
그런데 "뭐냐?"에 그 산 이름 대답이 막힌다
전화 끊고 나면 생각나는 산 '예봉산', '운길산'

어제 전화에서는 총각 친구가 나보고
"내 말 들어주고 웃겨줘서 당신이 좋다!"라고 한다
'뭐야, 이 친구. 나도 내 말 들어 줄 놈 찾고 있었는데'
나도 총각 친구가 좋다

총각도 유부남이랑 똑같이 늙어가네~

부부는 부부여야

부부는
같은 글자다
같이 좋아한다
같은 밥 먹고
한 이불 덮고 사는
일신

부부는
존중의 입
배려의 손
인내의 눈
입, 손, 눈이 동행할 때
행복 예약

부부는

이구이성

불백인내

옥신각신하면

부부가 부~ 부~ 되고

자식에게 부~ 모~ 돼

살아도 허전해진다

그래서

부부는 부부여야

사고무언
(四顧無言)

사방을 돌아보아도 말이 없다

어떤 고구마를 닮았을까나

고구마를 좋아한다
맛있는 고구마는?

감저
조저
남감저
해남 고구마
여주 고구마
꿀 고구마
밤 고구마
꿀밤 고구마
호박 고구마
자색 고구마
못난이 고구마
왕 고구마
못난이 왕 고구마

무슨 고구마 먹었니?
나는 어떤 고구마를 닮았을까나

내 여동생은 황금 고구마다

내일은 어떤 소를

내 일상은

오늘도

소 떼다

싫소

좋소

괜찮소

실소

밝을 소

작을 소

적을 소

우습소

무섭소

흑소

황소

젖소

들소

염소

만두소

고맙소

보고 싶소

누구 없소

어디 있소

만나고 싶소

참 재밌소

얼굴에 밝은 미소

내일은 어떤 소를 더 키울까?

길 가다 지갑 주웠다

길 가다 분홍색 지갑을 주웠다
길 가다 땅에 떨어진 지갑을 주웠다
길 가다 빵빵한 지갑을 주웠다
길 가다 50만 원이 든 지갑을 주웠다
길 가다 남의 지갑을 주웠다
길 가다 여자 지갑을 주웠다

길 가다 지갑 주웠다

행불행의 갈림길
겸손하면 행운
승리에 취하면
점유물이탈횡령죄, 절도죄

참 힘들다, 우리

시작하지 말았어야 했는데
가다가 그만둔 마음
이렇게 무거울 줄이야
참 힘들다

만남부터 없어야 했는데
보다가 그만둔 마음
이렇게 뚜렷이 남을 줄이야
참 힘들다

그리움 놓아야 했는데
챙기다가 그만둔 마음
이렇게 아픔이 있을 줄이야
참 힘들다, 우리

거기로 가 있겠소

보고 잡소

어디 있소

만나고 싶소

빨리 오소

기다리겠소

똑. 똑. 대답해주소

거기로 가 있겠소

사고무고 四顧無敎

세상 다 그런 것

마눌님 종합 감기약
털어 넣고 눕는다
돌봐 주지 않는다고
두 눈 크기 달라진다

쇠고기 볶고
미역은 참기름에 볶아
육수 넣어 끓여
밥상 차려야
감기가 나가는데
모르는 체했더니
이번엔 오래간다

나 아플 때 보채고
마눌님 아플 때 모르는 체

세상 다 그런 것

갑자기 깨달음

지나간 아픔

말할 수 없음이

다가올 슬픔

견딜 수 없음이

현재 이 순간

일어나는 일에

집중하면

없다

웃음으로 할 뿐

어쩜, 늘 싱글벙글하세요?

늘 웃고 사세요?

화는 안 내세요?

그래요

저도 화를 냅니다

웃음 속에 가려져 안 보일 뿐

웃는다고 해서 즐거운 것만은 아니죠?

모

든

표현을

웃음으로 할 뿐

입

니

다

사고무교 四顧無敎

나이 들면

나이 들면
신
발
이
 커지고
옷
이
 커진다

나이대로
신
발
을
 신고
옷
을
 입는다

사고무교 四顧無教

금빛 해바라기 그리다

금빛

해바라기

그리다

사고무고 四顧無敎

열까지 세

숨바꼭질하자
형아 숨을 테니까
열까지 세

하나~
하나~
가만
가만
또 하나
또 하나
하나~
하나~
하나
다~ 세었어

그게 사랑이더라

그게 사랑인 줄 알고

가보니

똑같더라

진짜는

익숙한 것

물

온기

그런 거였어

나에게

편안한

그게 사랑이더라

언제 하나요?

해 준 밥에는
없던 설거지
해 먹은 밥에는
생겨난 설거지
설거지, 언제 하나요?
많은 설거지는 지금
적은 설거지는 모아서
그래야 거품 아끼지요!

금방 한 청소
돌아서면 내려앉은 먼지
밟히는 쓰레기
청소, 언제 하나요?
청소는 더러울 때
그래야 깨끗하지요!

하면 할수록

머리 아픈 공부

어제 배운 것을 오늘 해도

오늘 것처럼 생소한 공부

공부, 언제 하나요?

공부는 필요할 때

그래야 힘들지 않으니까요!

오월 첫날

오월 첫날

아침이

공기가

나뭇잎 색이

꽃이

설렌다

밤새

늦봄과 초여름이

입하에 전화하여

나무에

꽃들에

연초록 잎 보내

계절의 여왕 5월

현관문 밖에

놓았네

오월 첫날

처음처럼 설렌다

사고무교 四顧無敎

하나 된 인생

태어났다
한 사람으로

자란다
기쁨으로
믿음으로

가꾼다
머리로 꿈꾸고
가슴으로 지혜를

성장한다
진정한
진실한

참사랑이다
신랑과 신부 되어

알콩달콩이다
신혼부부

사고무교 四顧無教

실제다

초년

친구다

중년

그리움이다

노년

하나 된 인생이다

오타 사랑 고백

널 사망해
부는 바람에 낫심이 흔들려
꽃들이 흔들리며 너의 샤프 냄새가 나
주도록 사랑해
내이도 사랑해 줄게
내 마음을 담은 달콤한 사탄이야

이러니 너한테 안 바나나
얼귤 까먹겠다
눈앞이 껌껌
너랑 살구 싶다구
너마늘 사랑해

오타=오해

내 기쁨, 내 생각뿐

개 꽁지 자르고
옷 입히고
수컷 거세하고
시끄럽다고 목 따는 것
내 기쁨일까?
개 기쁨일까?
내 기쁨이지
개는 원치 않는다

다람쥐가 높은 나무에
올라가면 힘들겠다는 것
내 생각일까?
다람쥐 생각일까?
내 생각이지
다람쥐는 힘들면 오르지 않는다

소 풀 뜯어 먹을 때

빨리 먹는다?

천천히 먹는다?

내 생각일까?

소 생각일까?

내 생각이지

소는 풀을 천천히 꾸준히 뜯고 있을 뿐

모두 내 기쁨, 내 생각뿐

다람쥐도 살고 토끼도 사는데

두 눈이 보이지 않다가 수술 후
한 눈이 보인다
두 눈이 보이다가 한 눈만 보인다
한쪽은 좋아라
한쪽은 슬퍼라

불행하다가 행복해
행복하다가 불행해
누가 더 나아졌어요?

30년 가난하다가 10년 부자
30년 부자이다가 10년 가난
누가 더 좋을까요?

행불행이 따로 있을까요?
생각이 불편하지 않나요?

다람쥐도 살고 토끼도 사는데…

텔레비전

TV

네모에서

나

온

소리와 빛

내 눈, 귀도

네모

TV

스마트폰

넌
세상을
차
지
했
구
나
!

나
마저

24시
가
두
고

너튜브

노래
춤
책

아는 것
모르는 것

손가락만
얹으면
다
있네

사고무교 四顧無敎

우찬 아파트

내 소원
내 몸 누울 곳
갖는 것

수십 년 동안
농협 은행 들락날락
세월만큼 많은 통장 만들어
소원 이뤄
기쁨 가시기 전

우연히 눈에 띈
우찬 아파트
우찬 셀레스 빌

저 집은
누구 집인가?

우찬아파트

과욕

저 달과 태양

이 세상을

맞춰 떨어뜨리려는

욕심 담아

힘껏 시위 당겨 놓으니

화살촉 무거워

내 손에

맞더라

수고했어, 고마워!

아침부터

아침까지

한 번도

아는 척 못 한 나

나에게

이 순간

조용히

말해 본다

"수고했어, 고마워!"

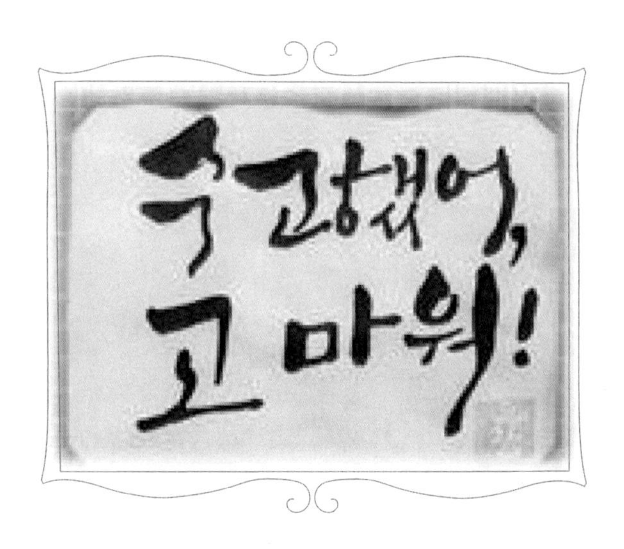
수고했어,
고마워!

리모컨 울다

TV 보려고
리모컨 찾는데
"AI, 켜." 말에
TV 벌써 나온다

TV 소리에 놀라
숨은 리모컨
"AI, 리모컨." 말에

'삑!', '삑!' 울며
리모컨 끌려 나온다

생각나는 사람

아침

낮

저녁으로

항상

생각나는 사람

날 생각해 주는 사람은?

사고무행
(四顧無行)

사방을 돌아보아도 행동이 없다

부모 사랑

태어나게
자라게
성장하게 해 준
"아버지, 어머니 고맙습니다."

부모님은
늘
건강히
편안히
한결같이
내 곁에 계실 줄 알았습니다

이제야
부모 사랑이
자식 사랑이란 걸
알았습니다

이웃과

사람과 더불어

행복하게 잘 살아

자식 사랑

물려주겠습니다

나한테 최고의 칭찬이야

여자아이
어울리는 사람은
책뿐

말동무 되어
책장 보니
온통
곤충 그림들

"곤충 그림 예쁘다."

"넌 곤충처럼 생겼어!"
"나한테 최고의 칭찬이야!"

사고무교 四顧無教

오늘도 혼점 하시었나요

혼자 준비
홀로 창가에서
한 술, 한 젓가락에
생각 올려
들었다
놓았다
고개로 한번 먹고
눈으로 한번 먹고
손으로 내려놓는다
언제까지~

오늘도 혼자 먹는 점심 하시었나요?

사고무교 四顧無敎

위에서 보면 똑같다

바쁘다고
사람
차
배려
존중
인내
몰라보고

앞
으
로
뛰어가고

뒤
로

달려도

옆
으
로
가도

위
에
서
보면

똑같다

나는 좋은 사람, 나쁜 사람

내가 나빠서 그래
내가 실수해서 그래
내가 못 봤어
내가 참지 못해서 그랬어

네가 그랬어
네가 했잖아
내가 왜
너는 왜 그래
네가 나한테

교사가 학생을 어쩜

경찰관이 음주 운전을

아빠가 엄마를

엄마가 자식을

부부가 이혼을

자식이 부모에게

공무원이 그럴 수가

친구가 친구를

아니면 말고

나만 아니면 돼

누가 더 나쁜 사람일까요?

나는 좋은 사람인가? 나쁜 사람인가?

냉장고도 동생이

우리 냉장고는
입이 엄청나요
가리는 것 없고
뭐든 먹어도
배탈이 안 나요

내 배가 커서 그런지
냉장고도 자꾸 커져요
안쪽은 손이 안 닿고
위쪽도 의자 없이 손이 안 닿고

내 동생의 배도 커서 그런지
냉장고도 동생이 생겼어요

큰아들 결혼 덕담

안녕하세요?

신랑 □원이 아버지 심우찬입니다.

이렇게 좋은 날, 이 청춘남녀가 평생 함께하고자

내딛는 발걸음을 축복해주시려고 오신 여러분께,

진심으로 감사드립니다.

우리 아들은 장점이 많은데요. 특히 평소에 과묵하여 말이 없습니다.

이런 아들이 갑자기 전화로 결혼식에서 아빠의 덕담을 듣고 싶다고 해서 이렇게 나오게 되었습니다.

할 수 없잖아요. 덕담을 안 해서 아들이 더욱 과묵해지면 저만 손해잖아요.

덕담에 앞서,

딸을 예쁘고 건강하게 잘 키워 주신 사돈어른께,

아들을 대신하여 진심으로 감사드립니다.

아들아, 나 지금 너에게 아부한 거 맞지?

아들아, 친하게 지내고 싶다.

그리고 아들 뒷바라지에 고생이 많은 나 여사, 수고 많았어요. 오늘부터 발 뻗고 잡시다. 아자!

아들과 며느리에게 몇 가지 덕담으로 결혼을 축하하고자 합니다.

첫째, 절대 참지 말아라.
두 사람에게 아빠로서 묻고자 합니다.
결혼하니까 좋으냐?
네, 좋다고 하네요.
좋으면, 지금의 기분을 잘 간직하고 죽는 순간까지 절대 참지 말고 서로를 사랑해 주길 바란다.

둘째, 싸우고 살아라.
아빠, 엄마는 현재 30년을 함께 살고 있지만, 지금도 싸우고 산단다.
왜냐면, 아빠는 늘 엄마에게
"당신이 제일 예뻐."
"당신을 제일 좋아해."
"당신과 결혼해서 행복해."

이런 거짓말을 자주 하기 때문이다.

아들아, 부탁한다. 너도 아빠처럼 거짓말을 잘하는 남편이 되길 바란다.

여보, 거짓말이야. 사실이 아닌 것 알지?

셋째, 운동하지 말아라.

숨쉬기 운동 이외에는 하지 말아라,

건강하면 너무 오래 살게 되어 다른 사람에게 폐 끼친다.

마지막으로, 아무것도 바라지 않는다.

시댁과 친정에 자주 가지 말아라.

효도하지 말아라.

형제와 친하게 지내지 말아라.

손녀 빨리 안아 보고 싶지 않다.

□원아, 선아. 사랑한다. 우리 행복하게 살자. 화이팅~!

큰코다친다

있는 코

다치고

깨진다

누가 손대어

가만히 있는 코

큰코다치고

얼마나 세게 넘어졌기에

뒤로 넘어졌는데

코가 깨져

내 코

괜히

만져본다

아이코, 내 코가 석 자

조심해야지

남다르게 보여요

왜 놀랐나요?

보고
말하고
듣는 데
33여 년이 걸렸죠

남이
아이가
어른이
여자라서
남자이기에
다른 사람의 입장이
늘 먼저였죠

염치, 체면, 눈치가
다른 사람의 옷을 입고
헛웃음으로
제대로
보고

말하고
듣지 못했지

이젠 다른 사람의
염치, 체면, 눈치가 떨어져
과감한 생각이 커졌죠

그래서
남다르게
보여요!

앉아 있는 떡

의자 위에

떡
하
니

앉아

있
는

떡

감사 떡

사고무고 四顧無敎

남한산성의 또 다른 굴욕

산에 있는 성

한강 이남의 첫 산성

남한산성

한강을 바라보며

말없이 굽어보는

남한산성의 마음은

그때나 지금이나

이런 마음이었나

삼전도 굴욕이

보여서 그런지

스산하다

남한산성이 또

위태롭다

바로 아래까지

회색빛이

도로가

차들이

크레인들의

둔탁한 소리가

밀려와 있다

또 다른

삼전도 굴욕이

보이는 것

어쩌나

나만의

걱정인가?

오늘도 남한산성 지키러 간다

인생 사복

하나, 건강한 가족이 있어 좋다

하나, 날마다 웃음꽃 가꿀 수 있어 좋다

하나, 아는 당신이 있어 좋다

하나, 나만의 시를 쓸 수 있어 좋다

내 인생의 네 가지 최고의 행복

왜 지나고서야 알까

봄이 가고서야
지난봄을 안타까워하고

학생이 끝나고서야
학창 시절을 그리워하고

젊음이 사라지고서야
그때가 좋았는데

황혼에 들어서
인생을 후회하고

부모 잃고
불효자라 울고불고

오늘이 오고서야
어제가 지나갔음을 알고

사람은 왜 지나고서야 알까?

두물머리 연가

여기 오면 봄을 제일 먼저 본다기에
여기 있다 보면 작년 여름 온다고 하여
오늘도, 어제도 흐르는 물 보고 있다

여기 앉아 있으면 그 사람 볼 수 있다기에
여기 서 있으면 지난 추억 온다고 하여
지난달도, 이번 달도 부는 바람 맞고 있다

나무에 잎 나면 그녀가 온다기에
나무에 그늘 생기면 그때 그 사람 온다고 하여
올해도, 작년도 두물머리 나무 안고 있다

사고무교 四顧無教

나이 먹었습니다

세상에나, 이런 것도 있네
살맛 나겠어
남들 있을 때 하는 말이다

세상에나, 왜 이리 복잡해
뭘 선택해
외부입력
내부입력
음성인식
세팅
나 혼자 있을 때 하는 말이다

여기에 돈 들어 있다
받은 기프트 카드 좋아라
남들 있을 때 하는 말이다

돈이 어디서 나와
홈피 등록
인증서 등록
전화 인증
카드 등록이 뭐람
나 혼자 있을 때 하는 말이다

듣는 말
보는 말
구분이 안 되네
나이 먹었습니다

저 작은 꽃

저 작은 꽃이

저곳에

활짝 웃고 있지만

우째 짠하네

밤잠 자지 않고

사람 인기척 있기 전

서둘다 계단에

꽃을 매달았구나

사고무교 四顧無教

깨복쟁이 고우

내 깨복쟁이 고우는
황새봉 황새 울음 떠난
적적한 계묘년 토끼해
신동, 효문동, 우뜸, 아래뜸, 강지뜸, 서남뜸에서 태어났다
도통 알다가 모르는 8인 8색이다
한꺼번에 모인 적은 거의 없다
순하고 재미는 없지만, 그런대로 멋있다
모두 고향 떠나 살지만 건강하게 잘 사니 든든하다

고우들도 외면한 고집불통 천연 총각 기념물 진성
성격 제일 좋고 깨복쟁이 종신 리더

제일 씩씩한 순식
음식 먹을 때는 까칠하지만
주조산업용 목형 기능 보유자

노래하면 나훈아도 내빼는 동선
셰프이자 요식업 대부

성격 좋아 누구나 좋아하는 승식
명품 보금자리 짓는다

말을 이쁘게 하고 고품격 미소 짓는 환
저 무기와 이 무기 연구 중

보면 볼수록 듬직한 우상
고향 가까운 곳에 사는 유일한 고우

하얀 머리 많아 멀리서도 잘 보이는 재학
퇴직 후 환고향 계획 중

난 친구 중에 제일 키 작지만,
사람 좋기로 소문이
자자함

너희들이 친구여서
자랑스럽다
보면 볼수록
좋은 깨복쟁이 고.우.들!

엄마와 나들이하고 싶어

엄마 보면 짜증이 나
엄마는 말만 하면 30분이야
엄마는 날 안 쳐다봐
엄마는 형한테만 친절해

나도 엄마가 필요해
엄마와 나들이하고 싶어
엄마, 오늘 시간 되나요?
엄마는 전업주부 안 해요?

처음 자전거 탄 날

엄마, 나 탔어!

엄마, 날 좇아와

엄마, 날 봐

자전거 굴러가

엄마, 오고 있어?

처음 자전거 타는 날

엄마는 보이지 않았다

엄마는 꽃을 좋아해

아빠, 빨리 밀어줘

엄마 안 보이잖아

그래, 그래

천천히 가도 돼

엄마는 꽃을 좋아해서

꽃 보면 발이 달라붙어서

빨리 못 가

넘어진 의자

이 사람

저 사람

허락 없이

너 보면 끌어당겨

육중한 몸 얹으니

너 종일 받치고 있느라

끙끙 앓아

힘 부쳐 넘어졌구나!

내 방은 어디 있다 왔나요

보릿고개라
저녁 일찍 먹이고
달이 저만큼 있는데
재운다

단칸방에서
꼼짝없이 잔다

배고파 눈 뜨면
달이 문지방에
와 있다

내 방이라도 있으면
긴 밤 달하고 놀겠는데
놀고 싶고, 배고픈 그 시절에
그 흔한 라면 없었을까?
요새 남아도는 내 방은 어디 있다 왔나요?

사고무교 四顧無教

오페라 하우스

하늘과 땅과 바다 어디에서 보아도
완벽한 곡선을 그린다는
우드슨의 오페라 하우스
너, 이런 슬픈 사연이 있을 줄이야!
하마터면 세상에 없을 뻔했구나
뒤늦게 쓰레기통에서 나와 빛을 보다니
유명해서 너 이름값을 했구나!
부인이 잘라준 오렌지 조각 모양이
이렇게 아름다울 줄이야
야경으로 본 완벽한 곡선은
우드슨의 말대로
"바로 이거야."다

그래서 야구가 좋다

야구는

사람과 사람이

투수와 타자가

공과 방망이로

던지고 치고

한 손과 양손이

경기장과 홈에서

힘과 기다림으로

팽팽히 맞선다

야구는

감독과 감독

팀과 팀이

선수와 팬이

보이지 않는 힘과 보이는 힘으로

나누어

숨 막히는 경쟁이

펼쳐진다

하지만 야구는

9회 말이 있고

연장전이 있기에

결과를 모른다

끝나야 안다

그래서 야구가 좋다

기다림

돌아서서
방향은 달랐지만
사는 곳이 같아

작년
지난달
이번 달
어제까지도

그곳 두물머리에
와 있을까 하는 바람이
느티나무 아래서
물안개 붙들고 있다

사고무고 四顧無教

너희가 오니까 학교가 웃는다

3월 1일, 학교 문 굳게 닫히고
5월 28일, 1, 2학년, 유치원 등교 개학
6월 3일, 3, 4학년 등교 개학
6월 8일, 5, 6학년 등교 개학하여
99일 만에 너희가 오니까 학교가 웃는다

학교에 오려니 들떠
잠 못 이뤘다는 학생의 말
학생이 오니까 선생님도 웃는다

걱정 반, 염려 반으로
아직 못 본 친구들 있지만
건강하니까
시간 되면 올 터

학생이 학교에 있어
학교 나무, 풀, 꽃과
교실도 웃는다

코로나 19 감염병 예방을 위해
학부모, 외부인 등 본교 출입을 제한합니다. 양해 부탁드립니다.
너희가 오니까 학교가 웃는다

뭔 날이 이렇게 더워

아카시아꽃이
곧 필 밤꽃에 지레 겁먹어
꽃향기를 멈추고
내뺄 무렵
논두렁과 밭두렁에서
고개 디밀고 말없이 지켜보던
쌀보리와 겉보리가
깜짝 놀라 한꺼번에 드러눕는다

뭔 날이 이렇게 더워지고
배곯아 지친 여름날
드러누운 보리 살살 달래 거둬
한 곳에 놓고 털어낸다

날 더워 흐르는 땀
힘들어 내린 땀
털어 날린 까끄라기는
살에 달라붙고
눈 가려 얼굴 못 들어
몰래 훔친 땀은 시리고 쓰려 와

어미, 아비도 구분 못 한다

요새 불쑥
새싹보리 먹고
연인과 청보리길 거닐고
쌀보리밥 비벼 먹고
보리 맥주 입가심하며
추억 남기는 세월 좋다만,
그 보리 없었으면 어찌 그 시절
그 많은 고운 입 어찌 감당했으리오!
보릿고개는 사라졌는데
정동원이 부르는 〈보릿고개〉에
잃어버렸던 까끄라기 살아나
뭔 날이 이렇게 더워진다

새싹보리는 낟알에 새싹이 자라고 있는 보리
청보리는 새싹이 자라서 덜 익은 보리
쌀보리는 평지에서 자라고 색에 관계없이 탈곡 상태에서 옷을 벗고 있는 보리
겉보리는 밭에서 자라고 색에 관계없이 탈곡 상태에서 옷을 입고 있는 보리

삼을 삼는다 1

삼은 한해살이 식물로
키는 5m까지 자란다
우리 밭에 없던 삼이 2~3m까지 자라나
어릴 적에 놀랐다

농촌은 보리타작하고
모내기 끝나도 일손 못 놓아
삼 일을 한다

다 자란 삼 베어 대나무 칼로 잎 털어
달구지에 실어 냇가와 맞닿은 바위 밑
굽 터로 옮긴다
그곳은 많은 사람 나와
연신 부채질하며 옹기종기 앉아
벌써 삶은 삼 나오기 기다린다

그새 아이들은 더위를 못 참고 냇물로 텀벙,
놀란 사람들 사이에서 "오살헐 놈!", "망할 놈!", "호랑이가 꽉 물어 갈 놈!" 욕이 여기저기서 터진다

큰 아궁이 만들어 큰 쇠솥 걸어
그 위 대발 얹어
삼단 차곡차곡 쌓은 후 가마니로 덮고
수증기 새어나가지 않도록 황토 반죽으로 바른 후
두세 시간 장작불 벌겋게 일면
김 모락모락 올라와
구름산 만들어지고
삼이 다 익는다

밤이지만 삶은 삼단
장유유서 없이 먼저 온 사람, 힘 좋은 사람이
많이 가져가 맞잡고
모기 때려 가며 껍질 벗긴다

잠 못 든 아이들은 배고파
하지 감자 철삿줄로 엮어
높은 바위 위에 엎드려
긴 굴뚝에 넣어 두지만
장난질로 시기 놓쳐

탄 감자 발라 먹고서 잠든다
아침에 사라진 감자 반찬 도둑
흔적으로 들통나 집마다 혼났지만
그 맛은 우리 동네만 아는
토종 맛

껍질은 주인에게 내주고
저릅대 묶어 집 안으로 들인다
땔감 채취 금지, 목구멍이 포도청인지라
저릅대 얻으러 온 가족이
밤마다 나선다

저릅대 태우면
구멍으로 연기 모락모락 나온다
어른 몰래 꺼내 손가락 사이에 끼워
한 모금 땅겨 내뿜으며
건달인 척 멋 내다 들켜
머리에 피도 안 마른 놈이 싹수가 노랗다고
부지깽이 춤춘다

잔칫날

통 막걸리 항아리에 채워 놓으면

몰래 항아리에 저릅대 꽂고

들이킨 어릴 적 막걸리 맛은

서울 막걸리도 비껴갔지만

벗겨 말린 삼

밥 한술 제때 못 먹고

밤낮으로 잠 매달고

우리 어머니 허벅다리에 비벼

삼을 삼는다

허벅지에 걸린 긴 삼이

우리 어머니 걸음 따라

뒤뚱뒤뚱한다

삼을 삼는다 2

마른 삼 껍질 한 가닥씩
삼을 삼는다
가늘게 찢어 나린 뒤
허벅지에 손바닥으로 비벼
가는 가닥을 이어 붙인다

손톱 깨지고
입은 말라 연신 입가심하여 내뱉고
뻗지 못한 다리는
뉘 다리인지 모른다

물레에 실을 잣고
돌곳에 타래 만들어
콩깍지 재를 씌워 찐 다음
양잿물에 넣고 얼마 지난 뒤
머리 이고 조심히 냇가로 나가
얼음 깨뜨려 냇물에 씻고 씻으면
검은 겉껍질 벗겨지고 맑은 속껍질 보인다
그 실이 이 실인가 놀란다

그 뒤 돌곶에 꿰어서 다시 내린다
실 굵기에 따라 4새, 6새, 7새로 분리해
겨울 찬바람 잠깐 쉬는 따뜻한 어느 날 오후
마당에 숯불 피워 불꽃 사라지면 베를 맨다
(여러 실 가닥을 틀에 끼워 보리쌀 풀을 풀칠하여 숯불에 말리며 감는다)

이렇게 만들어진 삼베는
서설이 하얗게 내린 밤도 새싹 돋는 봄까지
베틀에 여인들 올라앉아 밤낮없이 짜
삼베 천을 만들어 낸다

여름철은 농사일로 시간이 없어
겨울철에 삼을 삼고
봄철에 삼베를 잣는다
이 모든 일을 여자들이 한다

수천 번, 수만 번, 손길과 정성으로 만든 삼베옷
여름철 시원하게 입는 저고리와 적삼이다
만든 사람 더운 날 입어 봤을까요?
얼마나 한이 되었으면 저승 가는 길 택한 옷
수의가 삼베옷이다